PRÉCIS DE MYTHOLOGIE SCANDINAVE

S. RICARD

FV Editions

TABLE DES MATIÈRES

PRÉFACE.	1
INTRODUCTION.	5
1. L'ORIGINE.	7
2. LE FRÊNE D'YGDRASIL.	13
3. ODIN.	16
4. THOR.	19
5. LOKE.	22
6. LE LOUP DE FENRIS.	26
7. VALHALLA.	30
8. LES VALKYRIES.	33
9. SLEIPNER.	35
10. LES TRÉSORS DES DIEUX.	39
11. BALDER.	45
12. PUNITION DE LOKE.	54
13. RAGNAROK.	59
14. LA RÉGÉNÉRATION.	62

PRÉFACE.

« Apprends à te connaître toi-même, » voilà le conseil que nous adresse un des sages de l'antiquité ; mais pour bien profiter de ce beau précepte, il faut connaître avant tout son origine, les idées religieuses, le genre de vie et la manière de penser de ses aïeux. Il faut remonter à la source primitive de l'histoire, en poursuivant les traces des glorieux exploits de nos ancêtres, lors même qu'elles se perdent dans la nuit de la fable, qu'elles s'effacent dans les ténèbres du temps passé ou se cachent dans la poésie du mythe. Certes, il faut bien en convenir, c'est dans le mythe que se révèle la première forme de la vérité ; que se trahit l'idée sérieuse qu'avait conçue de la vie cette population primitive du Nord, ainsi que le désir ardent de saisir et de comprendre la divinité ; c'est dans le mythe que pousse le premier germe de l'histoire et de la religion d'un peuple.

Et cette connaissance de la mythologie, où la trouverons-nous ? Dans l'Edda qui est le monument littéraire le plus antique de la poésie scandinave. Cette œuvre immortelle consiste en deux parties dont l'une qui porte le nom de son auteur prétendu, Sæmund Frode le savant, né en Islande au milieu du onzième siècle, s'appelle aussi l'Edda poétique ou l'ancienne Edda. Elle renferme d'abord des fragments de poèmes religieux dans lesquels on retrouve les doctrines qui faisaient l'objet du culte de nos ancêtres ; ensuite des fragments de poèmes héroïques appartenant plus ou moins au cycle de chants guerriers communs à la race germanique et à la gothique ; mais nulle-part ces chansons ont conservé autant de leur caractère sauvage ou ont moins été influencées de l'esprit du Christianisme que dans le Nord. Il est hors de toute contestation que Sæmund n'est l'auteur que de quelques-uns des poèmes de ce recueil, dont plusieurs se perdent dans les ténèbres de l'antiquité. L'esprit païen que révèlent ces produits d'une valeur si poétique et d'un style si différent, ainsi que le nom que portent plusieurs d'entre eux, prouvent que Sæmund n'en peut être que le compilateur, et que nous ne pouvons que lui attribuer l'honneur d'avoir transcrit les vieux apographes ou retenu par écrit les traditions à demi oubliées déjà au moyen-âge. Il est encore possible que Sæmund, dans les voyages qu'il entreprit en Allemagne, ait connu la série des poèmes qui chantaient les exploits merveilleux des Giukungers, des Volsungers et des Niflungers, qu'il ait même retrouvé peut-être le cycle des récits historiques que Charlemagne fit rassembler et consigner, mais que le temps nous a malheureusement fait perdre. Cette hypothèse cependant n'affaiblit en rien la supposition selon laquelle Sæmund s'est borné à rédiger les narrations poétiques de l'Edda ; car ce qu'il y a d'incontestable, c'est que plusieurs de ces chants héroïques, sur le même sujet que traite la poésie nationale de la Germanie, étaient connus et répandus dans le Nord longtemps avant que Sæmund ait vu le jour ; aussi tous les savants érudits de l'Allemagne accordent-ils aux poèmes de l'Edda un âge qui surpasse de beaucoup celui qu'ils attribuent à la chanson germanique la plus renommée des Niflunger.

Quant à l'Edda prosaïque, on l'attribue à Snorro Sturleson, illustre historien du treizième siècle. Ce recueil auquel on donne souvent aussi le nom de son auteur supposé, est à regarder en quelque sorte, quant à la partie mythologique, comme une reproduction prosaïque de l'Edda de Sæmund ; mais il contient en outre une prosodie, s'il est permis de donner ce nom à la nomenclature et à l'explication de quelques figures rhétoriques et poétiques, ainsi que quelques dissertations sur l'alphabet islandais.

Ce que nous venons de dire du mérite littéraire de Sæmund, s'applique également à celui de Snorro ; il n'est qu'en partie auteur de cet ouvrage qui révèle la collaboration de plusieurs. Quant à la pureté des idées et à la noble simplicité du récit, l'Edda poétique l'emporte de beaucoup sur l'ouvrage de Snorro, dans lequel se ressent déjà l'influence d'un temps où l'éclat du prestige, qui entourait les dieux et les héros de l'antiquité, pâlit devant l'aube du Christianisme.

INTRODUCTION.

Il y avait jadis en Suède un roi très sage, nommé Gylfe, tellement rempli d'enthousiasme pour la puissance des dieux, qu'il partit pour Asgaard, afin d'en admirer les hôtes de plus près.

Arrivé à la résidence des dieux, il aperçut d'abord un édifice d'une élévation incommensurable à vue d'œil. C'était Valhalla. À l'entrée de la salle se trouvait un homme qui s'amusait à jouer aux glaives ; il s'en acquittait avec une dextérité surprenante, car il saisit à la fois six glaives jetés en l'air. L'homme aborda le roi, en lui demandant son nom. Gylfe prit le nom de Gangléri, en disant qu'il était venu de bien loin, et qu'il désirait parler au Seigneur du château, afin de lui demander de l'hospitalité pour la nuit. L'homme s'offrit à le conduire auprès du Seigneur, et disparut aussitôt dans l'édifice, suivi du roi.

Le roi Gylfe y vit beaucoup d'appartements et beaucoup de monde, dont quelques-uns s'amusaient à jouer, d'autres à boire, d'autres encore à lutter. Il s'arrêta enfin devant les sièges où étaient assis les souverains d'Asgaard. Ceux-ci l'invitèrent, et le roi, profitant de son bonheur, s'informa de tout ce qu'il aspirait à savoir.

C'est ainsi à peu près que l'Edda[1] prosaïque commence son récit de la mythologie scandinave.

Nous aussi nous avons, comme le roi de Suède, entendu parler des puissants dieux du Nord, et à notre tour nous irons à Asgaard admirer de plus près leurs exploits merveilleux.

---

1. La bisaïeule.

L'ORIGINE.

Avant la création de la terre, il y eut deux mondes ; au nord le Niflhejm, ou le monde des brouillards, au sud le Muspelhejm, ou le monde du feu. Ce dernier était lumineux et ardent ; Surt au glaive flamboyant en garde les limites. Au centre du Niflhejm est situé le puits Hvergelmir, d'où sortent douze rivières, auxquelles on a donné le nom de l'Élivaager. Le gouffre Ginnungagap sépare les deux mondes. L'Élivaager s'éloignait tant de sa source que les parties liquides y contenues se congelaient et se transformaient en un terrain solide, et quand la glace commençait à charrier, et que des vapeurs y descendirent, elle se convertit en givre. Il s'amoncelait alors des couches de givre dans la partie boréale du Ginnungagap, où régnaient l'orage et la tempête. L'autre partie du gouffre, qui tenait au

Muspelhejm, était au contraire ardente, lumineuse et douce comme l'air calme. Le souffle de la chaleur rencontra celui du givre, ce dernier se fondit et découla par gouttes, et des gouttes vitales naquit la première forme humaine, nommée Ymer, qui devint l'aïeul des Hrimthurses.

Les gouttes de givre donnèrent encore naissance à une vache, qu'on nomma Oedhumla ; de la mamelle de cet animal sortaient quatre torrents de lait, dont se nourrissait Ymer. La vache léchait des morceaux de glace salée qui lui fournissaient la nourriture.[1] Des cheveux d'hommes furent le produit du premier jour que la vache lécha ; une tête d'homme naquit le deuxième jour, et le troisième jour parut un homme entier, qui était beau, grand et fort. On lui donna le nom de Bure. Son fils était Boer qui avec Bestla, fille d'un géant, devint père de trois fils, les dieux Odin, Vile et Vé.

Le géant Ymer s'endormit et se couvrit de sueur. De dessous son bras gauche sortirent alors un homme et une femme ; et de l'embrassement de ses pieds naquit un fils, de qui descend la race des Hrimthurses. Les fils de Boer, les dieux Odin, Vile et Vé, tuèrent le géant Ymer. De ses blessures s'écoula tant de sang que la race entière des Hrimthurses s'y noya, à l'exception de Bergelmir, qui se sauva en se réfugiant dans son arche. Il devint plus tard l'auteur d'une nouvelle race de géants.

Les trois dieux prirent le corps inanimé d'Ymer et le plaça au milieu de Ginnungagap ; de sa chair ils firent la terre, de son sang la mer, de ses os les montagnes, et de ses cheveux les forêts. La terre ferme eut pour ceinture l'océan. Les dieux assignèrent pour demeure aux Hrimthurses, les limites de la terre. Derrière leur domicile les dieux élevèrent Midgaard, la résidence des hommes, qu'ils entourèrent des sourcils d'Ymer. De son crâne ils formèrent la voûte du ciel ; quatre nains, le Nord, le Sud, l'Est et l'Ouest, portent la voûte sur leurs épaules. Les nuages, errant sur le firmament, sont formés du cerveau d'Ymer. Mais les étincelles qui sortaient de Muspelhejm, et qui flottaient en l'air, reçurent leur place sur le ciel, d'où elles éclairent la terre, tandis que les dieux en réglèrent la marche. Sur la plage les fils de Boer trouvèrent deux arbres, dont furent créés deux êtres humains. Odin anima ceux-ci d'un souffle de vie ; l'esprit et le mouvement furent les dons que leur fit Vile. Vé ajouta à ces bienfaits la vue, le parler et l'ouïe. L'homme reçut ensuite le nom d'Ask et la femme celui d'Embla. La race humaine descend de ce couple, dont la résidence était à Midgaard.

Nat[2] était fille d'un géant, nommé Narfé ; elle avait le teint noir comme la race à laquelle elle tenait. Elle fut mariée à Delling qui était de la famille des dieux. Leur fils qui était blanc et beau comme son père, reçut le nom de Dag[3]. Le dieu des dieux offrit à Nat et à Dag deux chevaux et deux chars, puis il les plaça sur le firmament et traça l'orbite qu'ils auraient à parcourir autour de la terre. Le char de Nat, qui précède la course, est traîné par le cheval Rimfaxe[4] ; des gouttes découlent de son frein et produisent la rosée qui tombe dans les vallons. Le char de Dag est traîné par Skinfaxe[5], coursier fougueux ; de sa crinière jaillissent les rayons qui éclairent le ciel et la terre.

Un homme, portant le nom de Mundilfoere, devint père d'un fils et d'une fille ; ces enfants étaient d'une beauté si éblouissante qu'il leur donna le nom de Soleil et de Lune. Mais les dieux furieux de tant d'orgueil, enlevèrent les deux enfants et les placèrent au ciel. Soleil eut la fonction de conduire les chevaux, attelés au char de l'astre du jour ; Lune celle de diriger la course de la lune ; c'est encore elle qui décide des différentes phases de la planète. La course du soleil est rapide, car il est poursuivi par un géant, vêtu de la dépouille d'un loup ; un autre géant court en avant à la poursuite de la lune.

Au centre du monde les dieux édifièrent Asgaard, qui devint la résidence des dieux et de ceux qui leur appartiennent. Le pont tremblant, nommé Bifrost, s'étend du ciel jusqu'à la terre ; la nuance rouge de l'arc-en-ciel est le feu pétillant qui doit défendre le ciel contre l'assaut des Hrimthurses.

L'histoire du commencement de la création, que l'on retrouve dans toutes les mythologies, ne nous présente qu'une cosmologie, impénétrable en certains points. Mais la curiosité naturelle, avide de tout débrouiller, cherche à remonter jusqu'à la source, et comme toute explication sur l'origine est impossible, on se contente de s'approcher de son mieux des premières formes de la matière et de la source primitive de la nutrition. Nous examinons, à l'aide du microscope, le premier développement que subit le germe de l'arbre, mais nous ne parvenons qu'à reconnaître le fait et non l'agent secret qui opère. Les anciens parvinrent au même résultat dans leurs méditations sur la terre ; ils avaient le même désir de pénétrer ; mais ils furent obligés de procéder avec moins de finesse ; de là la multitude d'idées sur les premières formes de la création. Dès que l'esprit se préoccupe des mystères de la création, les questions se succèdent l'une à l'autre. De quoi le monde s'est-il formé ? d'un géant. Mais, de quoi ce géant vivait-il ? du lait d'une vache. Et la vache, quelle était sa nourriture ? Elle se nourrissait de sel, de la substance que contenait le givre. Et le givre, d'où tirait-il son origine ? Des vagues congelées par le froid qui provenait du Niflhejm. Par quoi le froid fut-il animé ? Par la chaleur ; et d'où la chaleur tirait-elle son origine ? de Lui qui la répandit. C'est là où s'arrête la pensée.

1. Il est à remarquer que deux auteurs français, dont l'un est du XVe siècle et l'autre du temps moderne, ont tiré parti de cette image de l'Edda. Le premier, du Bartas, en fait mention dans son poème de la Semaine ; et le dernier, Alexandre Dumas, y fait allusion dans son roman de Fernande, en parlant de l'opération de l'âme dans la création des idées.
2. La nuit.
3. Le jour.
4. À la crinière de givre.
5. À la crinière lumineuse.

LE FRÈNE D'YGDRASIL.

Le frène d'Ygdrasil est le plus beau de tous les arbres ; le monde entier est ombragé de ses branches qui s'étendent jusque dans les nues. L'arbre a trois racines, dont l'une aboutit au Niflhejm, l'autre à la demeure des Hrimthurses, la troisième se perd dans le ciel chez les dieux. Une source jaillit sous chaque racine ; la source de Hvergelmir au Niflhejm foisonne de serpents, une vipère, nommée Nidhug, en ronge la racine. Une autre racine qui s'étend chez les Hrimthurses, recèle la source de Mimer ; la sagesse sort de ses entrailles ; un breuvage puisé à ses eaux rend sage et produit une connaissance infinie. La troisième fontaine sourd chez les dieux ; deux cygnes blancs se baignent dans les eaux limpides de la source sacrée d'Urd ; les cygnes de la terre descendent de ce couple ailé, et tout ce qui s'approche de l'eau bénie de la source, se revêt de la couleur de l'innocence. C'est à l'ombre du frêne d'Ygdrasil que se rassemblent les dieux ; pour y aller tous les jours occuper leur siège de juge, ils traversent le pont de Bifrost. Le feuillage de l'arbre n'est pas sans population ; un aigle gigantesque est perché dans la cime, un faucon est assis entre les yeux de cet oiseau ; un écureuil grimpant sur les rameaux du haut en bas, sème la discorde entre l'aigle et le serpent qui sape la racine de l'arbre. Quatre cerfs courent dans le feuillage et en rongent les boutons, et trois déesses demeurant près de la source d'Urd, s'occupent à arroser l'arbre pour empêcher les branches de pourrir, et pour en entretenir la fraîcheur éternelle.

Le monde, de même que la nature entière, a été figuré sous l'image d'un arbre. Les racines qui s'en étendent des nuages jusqu'aux extrémités de la terre, représentent à la fois l'idée de l'étendue de l'univers et celle de l'infinité des temps. La couronne en est d'une fraîcheur éternelle, bien qu'elle ait vu s'écouler des siècles, dans lesquels nous n'étions pas encore. Le vent gémit doucement à travers le feuillage ; ce sont les esprits célestes qui nous entretiennent de ce qui se passe au-dessus de la terre embrumée de soucis. Et si le calme de l'arbre et le gémissement monotone des branches assoupissent l'âme dans un doux repos, le mouvement continuel des différentes espèces d'animaux, représentées sous des formes variées, porte la pensée vers l'activité infatigable de la nature. L'arbre gémit sous son fardeau, mais une série d'animaux prennent leurs ébats dans les régions qui leur sont propres. L'aigle plane au-dessus de la couronne de l'arbre, le serpent se tortille dans le fond, le cygne nage tranquillement dans les eaux pures de la source sacrée ; une rosée bienfaisante rafraîchit la terre ainsi que le cœur humain. En effet, l'image est sublime, il n'y a que l'âme humaine qui soit capable de la saisir, nul peintre, nulle couleur ne saurait la rendre. Rien ici n'est en repos, tout s'agite à l'instar de la pensée qui ne se lasse jamais de travailler, comme le sentiment, qui ne cesse jamais de se remuer. C'est donc l'univers entier qui n'est compris que par l'esprit humain, ou par la pensée du poète, et que la parole seule de l'enthousiasme sait interpréter.

ODIN.

Odin, le dieu des dieux, supérieur à tous en sagesse, et portant aussi le nom du père des dieux, car il règne sur eux comme sur tout l'univers. C'est lui qui distribue aux hommes des bienfaits divins, tels que le don de la poésie et la science divinatoire ; mais plus que tout autre le vaillant guerrier est l'objet de l'amour protecteur de ce dieu. Odin protège et dirige la vie du célèbre héros ; il s'occupe de son éducation, il lui fait cadeau d'armes merveilleuses, c'est pour lui qu'il invente des stratagèmes ingénieux, inconnus à l'ennemi, et par des événements inattendus il donne une issue favorable au sort de son protégé ; il assourdit l'acier meurtrier de l'adversaire, et quand enfin le héros s'affaiblit en vieillissant, c'est encore Odin qui lui fait trouver une mort glorieuse sur le champ de la bataille. Il est donc évident qu'Odin est regardé comme le dieu de la guerre ; le fracas des armes s'appelle aussi le jeu d'Odin, et le glaive porte le nom du feu d'Odin. L'ordre social est encore sous sa protection ; c'est lui qui punit les parricides, qui veille sur la foi du serment, qui éteint la haine, enfin qui adoucit les peines et les soucis de l'homme. Odin est facile à reconnaître, car il apparaît toujours comme un vieillard de grande taille et à la barbe longue ; au surplus il est borgne ; l'œil qui lui manque, il l'a donné en gage à Mimer, en échange d'un breuvage puisé à la source de la sagesse. La résidence d'Odin est au ciel, où son palais, nommé Valaskjalf, lui fut érigé par les dieux : le toit en est couvert d'argent, et du haut de son trône, Hlidskjalf, il contemple l'univers. Monté sur son cheval à huit pieds, qui porte le nom de Sleipnir, il traverse l'air et l'océan ; dans sa course il est vêtu d'un manteau bleu ; il a en outre la tête couverte d'un casque en or, et tient à la main la lance Gungner. Odin n'a besoin d'aucune nourriture, le vin lui tient lieu de manger et de boire, la nourriture qui lui est destinée, il la distribue à ses deux loups : Gere[1] et Freke.[2] Deux corbeaux, Hugin[3] et Mugin,[4] sont perchés sur ses épaules ; ces oiseaux lui racontent à l'oreille tout ce qui se passe ; du point du jour il les envoie parcourir l'univers pour revenir le soir. Le père des dieux possède plusieurs trésors merveilleux, entre autres une bague, portant le nom de Droepner, d'où dégouttent toutes les neuvièmes nuits huit autres bagues d'un poids égal.

L'idée d'Odin, ainsi que les formes variées sous lesquelles la fiction nous la représente, s'explique facilement ; c'est l'esprit qui se manifeste partout dans la nature. Odin n'est pas l'auteur de la création, mais il la dirige et l'entretient ; il inspire à l'homme le souffle divin, l'esprit et la vie intellectuelle. Il est l'origine de toute inspiration, de l'enthousiasme de la guerre ainsi que des douceurs de la paix ; il est l'auteur même de la guerre, et il invente les runes ; il court les dangers pour s'assouvir du nectar de la poésie, aussi nommé le breuvage d'Odin. La science de l'histoire trouve son abri sous sa protection. C'est à Soekkvabek, le palais, contre lequel se brisent les ondes d'azur, qu'Odin et Saga boivent dans des coupes dorées ; de concert ils se réjouissent l'esprit en puisant à la source de l'histoire. La Saga raconte ; Odin réfléchit sur ses récits ; saurait-on imaginer un tableau plus ravissant de l'effet de l'histoire ? À lui donc tout ce qui contribue à embellir et à élever l'existence !

---

1. L'avide.
2. Le féroce.
3. La pensée.
4. La mémoire.

THOR.

Thor, le plus fort des dieux ainsi que des humains, est fils d'Odin et de la terre. Après Odin il est le plus puissant ; sa force, c'est le rempart qui protège Asgaard et Midgaard contre l'assaut des géants et des Hrimthurses. L'empire qu'il gouverne s'appelle Trudvang ; son palais Bilskirner, le plus grand qui ait jamais été bâti, est élevé de cinq-cent-cinquante étages. Son char est attelé de deux boucs ; quand le tonnerre gronde, on entend le roulement de son véhicule. Thor est l'heureux possesseur de trois objets précieux : d'un marteau, d'une ceinture et d'une paire de gants. Le marteau, nommé Mjølnir, est bien connu aux géants et aux Hrimthurses ; des crânes nombreux en ont été broyés. Autour des reins Thor porte la ceinture, nommée Megingjord ; lorsqu'il s'en ceint, sa force se redouble, et il éprouve le même effet des gants de fer, dont il se sert pour mieux tenir le manche un peu court du marteau.

Thor, comme nous l'avons vu, est le dieu de l'orage ; toutes les fictions n'aboutissent qu'à le prouver, mais elles n'en sont pas moins dénuées de toute douceur. La force se personnifie sous la figure de ce dieu, qui est terrible dans le transport de sa fureur, mais qui dans son calme est l'être le plus doux que l'on puisse se figurer. Quiconque n'a pas fait l'observation souvent vérifiée, que la force de l'homme se marie en lui avec une douceur naïve ? Thor est l'ennemi juré des géants, de même qu'il se montre l'ami fidèle de l'humanité. Il ne lance pas la foudre pour dévaster, mais pour féconder la terre ; l'agriculture, de même que tout ce qui tient à la culture, est l'objet de ses soins assidus. Avec combien de vérité nos ancêtres n'ont-ils pas su se rendre compte des forces de la nature ? au moment où ils les considèrent dans leur grandeur effrayante, ils en saisissent les vertus bienfaitrices.

Soit que Thor se montre en vieillard ou en adolescent, il porte toujours la barbe rousse, car le feu fait partie de ses attributs ; la ceinture de la force entoure ses reins souples ; de sa main rigoureuse il tient le marteau ; le nuage rougeâtre n'est que le reflet du feu que jaillissent ses regards ; une couronne de douze étoiles brille au-dessus de sa tête, et la terre, à laquelle touchent ses pieds, porte des traces nombreuses de ses pas lourds. C'est bien là l'image du dieu de l'orage. Les poètes de l'antiquité ont cherché, chacun de leur manière, à glorifier la force et la puissance de cette divinité ; mais chacun d'eux nous ramène à l'idée déjà relevée, que la fiction de Thor représente quelque chose de plus que la force brutale ; Thor est l'image parfaite de la fidélité qui ne s'enorgueillit pas ou qui n'abandonne jamais celui ou celle à qui elle se voue ; et le mythe de Thor, sauf quelque rudesse, est un des plus nobles et des plus élevés que l'on puisse se figurer.

LOKE.

Loke, fils d'un couple de géants, joint à la beauté extérieure une malignité de caractère, qui le rend variable dans ses desseins, perfide et astucieux dans sa conduite. Souvent il a suscité aux dieux des embarras extrêmes, mais aussi souvent il a su les en tirer. Avec son épouse, nommée Sygin, il eut un fils qui reçut le nom de Narfé ; mais Angerboda, la géante, le rendit père de trois créatures : du serpent de Midgaard ; du loup de Fenris et de la déesse de l'enfer, nommée Hel. Cependant les dieux avertis, par une prophétie, des malheurs qui leur arriveraient un jour de la part de ces trois créatures, nourries à Joetunhejm[1], et présumant qu'ils ne pouvaient attendre que du mal d'une engeance, issue d'une telle mère et d'un tel père, Odin exigea que les dieux s'empareraient des trois monstres, et qu'ils les conduiraient devant lui. Il plongea alors le serpent au fond de l'océan, où la bête grandit tant, qu'elle finit par entourer la terre dans le cercle qu'elle forma en se mordant la queue. Hel fut précipitée dans l'abîme du Niflhejm, où elle eut à régner sur les neuf mondes, peuplés de ceux qui meurent de décrépitude ou par suite de maladie. Elle y possède de vastes domaines, les cours en sont d'une grandeur considérable et entourées de grilles immenses. Le seuil de son palais porte le nom de « Précipice glouton » ; sa couche s'appelle « Lit de malade » ; ses tapisseries « Misère brillante », et son plat est la faim. La déesse elle-même est d'une lividité repoussante, et son coup d'œil est farouche et hagard. Quant au loup de Fenris, les dieux eux-mêmes s'étaient chargés de le nourrir, mais il n'y avait qu'un d'entre eux qui eut le courage de lui offrir la nourriture.

L'idée que nous révèle le mythe de Loke est d'une extension très vaste. Loke fait contraste aux autres dieux ; c'est le mal dans toutes ses diverses tendances. Il nous représente la sensualité inhérente aux veines des hommes ; le souffle infecté de l'air ; il se fait reconnaître dans le feu volcanique au centre de la terre ; dans l'océan comme un serpent atroce, dans l'enfer comme l'ombre pâle de la mort. Aussi Loke n'appartient-il pas à une seule branche de la nature ; tout s'est pénétré de lui aussi bien que d'Odin. Dans aucune divinité plus que dans celle-ci on entrevoit que l'idée en est issue de la nature ; seulement il ne faut pas s'arrêter là ; tout ce qu'est Loke dans la nature, il l'est de même dans l'esprit humain ; la finesse mêlée à la perspicacité et à la fausseté ; l'esprit qui touche à la malice et à l'astuce. En effet, le développement de l'essence de Loke est profondément conçu. Au commencement il était intimement lié à Odin ; plus tard il s'identifia avec l'air pour se fondre ensuite avec la matière inflammable, et se transforma en un feu dévorant afin de finir dans l'enfer. Et dans chacune de ses transformations, il s'empirait de plus en plus. Mais, comme le principe du mal se manifeste dans la nature, de même que dans l'homme, de milles manières différentes, il faut bien que l'image qui le représente varie ; aussi se multiplie-t-elle dans les trois rejetons de Loke.

On reconnaît facilement l'image de la mer orageuse dans le serpent de Midgaard. Thor luttait contre ce monstre, sans qu'il réussît à en venir à bout ou à le dompter. Depuis un temps immémorial jusqu'à aujourd'hui, on l'a comparé au Léviathan des Hébreux, et au serpent d'Ananda, qui selon la croyance des habitants de l'Indostan entoure la terre dans l'enceinte d'un cercle, qui un jour sera brisé. Les mers du nord, ainsi que celles du midi, présentent souvent des phénomènes comparable à un serpent, qui s'avance en se tortillant, pour envahir dans ses plis tout ce qui arrive à sa portée.

La fiction de Hel, à laquelle ne s'attache pas toujours l'idée d'un être personnel, mais qui présente toujours à l'esprit l'image de la mort ou de l'enfer, était généralement répandue partout dans le monde gothique, où elle y est restée encore aujourd'hui. Partout dans le monde on retrouve des idées semblables, sans qu'on puisse dire qu'elles se présentent sous une forme identique ; les neuf mondes que compose l'empire de Hel, on les a comparés au tableau que nous a fait Virgil des neuf arrondissements, formés par les coudes du Styx. En lisant la description du cortège de Hel, on s'étonne de la ressemblance frappante avec le tableau que nous fait encore Virgil du chagrin, du souci, de la vengeance, de l'abandon, de la décrépitude. Le tableau que nous fait l'Edda de cette déesse de la mort et de tout ce qui l'entoure, est presque oriental, et trouve son antithèse dans un poème arabe qui donne à Timur pour acolyte la gaîté, pour compagne la joie, pour camarade le plaisir et pour esclave la volupté.

---

1. Le royaume des Thurses.

LE LOUP DE FENRIS.

Les dieux avaient entrepris d'élever au milieu d'eux le loup de Fenris ; mais voyant qu'il grandissait à vue d'œil de jour en jour, et n'ayant point oublié les prophéties qui ne leur auguraient que des malheurs de la part de ce monstre, ils résolurent de l'attacher à une chaîne solide, à laquelle ils donnèrent le nom de Leding. La chaîne achevée, on la présenta au loup en l'invitant à essayer ses forces là-dessus. Le loup jugeant que cette épreuve ne surpasserait pas ses forces, se laissa faire, et n'eut qu'à se secouer pour briser les chaînons. Les dieux firent alors une autre chaîne, beaucoup plus solide que la première ; ils engagèrent encore le loup à faire un nouvel essai, ajoutant qu'il se ferait un renom de sa force s'il parvenait à rompre de pareils fers. Le loup, quoiqu'il n'ignorât pas que la solidité de cette chaîne fût supérieure à l'autre, n'hésita point, bien persuadé que sa force avait de beaucoup augmenté depuis le premier essai ; d'ailleurs il comprit fort bien qu'il fallait risquer quelque chose pour s'acquérir de la gloire. Il se laissa donc mettre le frein ; mais aussitôt que les dieux déclarèrent avoir achevé leurs préparatifs, il se débattit si bien que le fer sauta en mille pièces et s'envola au loin. Les dieux commencèrent dès lors à désespérer de pouvoir retenir le loup indomptable, mais pour dernière tentative le dieu des dieux envoya un messager chez les nains de Svartalfhejm, pour leur commander une chaîne d'une force invincible. Cette chaîne, à laquelle fut donné le nom de Gleipnir, se composait de six éléments, savoir : du bruit des pas du chat, de la barbe de la femme, des racines de la montagne, des tendons de l'ours, de l'haleine du poisson et de la salive de l'oiseau. La chaîne ressemblait à une cordelette de soie : mais elle était d'une solidité à tout braver. Les dieux ayant reçu la laisse, remercièrent d'abord le messager de la commission dont il s'était si bien acquitté, et se rendirent ensuite dans une île, située au milieu d'un lac. Le loup y fut aussi amené. On lui montra le cordon, en ajoutant qu'il n'était pas aussi frêle qu'il en avait l'air, et on l'invita à le rompre. Le cordon passa de main en main, chacun des dieux faisait son mieux pour le casser, mais ce fut en vain, il résistait à tous leurs efforts. Les dieux n'en exprimèrent pas moins la conviction que, pour les forces du loup, ce ne serait qu'un jeu que de le déchirer. Le loup répondit qu'à en juger d'après l'apparence, il ne se couvrirait pas de gloire en rompant un cordon si frêle et si mince ; il consentirait volontiers à s'y laisser attacher, à moins qu'il ne s'y entremêlât quelque artifice ou quelque ruse. Les dieux objectèrent que s'il avait pu briser les fers les plus solides, il ne tarderait pas à en venir à bout d'un ruban comme celui-là ; pour parvenir enfin à le persuader, ils ajoutèrent qu'il n'aurait rien à craindre, puisqu'ils étaient là, prêts à le délivrer au cas qu'il ne réussît pas à s'en défaire lui-même. Le loup répondit : « Tout me persuade que je n'ai rien à espérer de votre part, si je ne puis m'aider moi-même ; cependant pour que vous ne me reprochiez pas d'être lâche, j'y consens, à condition qu'un de vous laissera sa main dans ma gueule en titre de gage. » Les dieux se regardaient ; c'était là un cas embarrassant, personne n'éprouvait l'envie de risquer sa main. Le dieu Tyr s'offrit enfin à fourrer sa main droite dans la gueule du monstre. On chargea l'animal du cordon, mais plus celui-ci s'efforçait de s'en débarrasser, plus il s'entortillait ; plus il se débattait pour s'en défaire, plus il se sentait retenu. Les dieux en rirent aux éclats, Tyr seul ne rit pas, il en fut de la main. Après s'être bien persuadés que le loup était suffisamment enchaîné, les dieux attachèrent le cordon à deux grosses pierres qu'ils enfoncèrent profondément dans la terre. Le loup ouvrit sa gueule béante ; il grinçait les dents, se cabrait et essayait de mordre tous ceux qui venaient à sa portée. Pour y mettre obstacle, on lui passa dans la gueule un glaive, dont la poignée touchait à la mâchoire inférieure, tandis que la pointe perçait la mâchoire supérieure ; il hurlait à faire horreur, l'écume qui lui sortait de la bouche, formait tout un ruisseau qu'on appelait Voen. Le loup restera ainsi jusqu'au crépuscule des dieux.[1] Mais les dieux pourquoi ne tuèrent-ils pas ce monstre ? Parce qu'ils estimaient la sainteté de leur résidence jusqu'à ne vouloir la souiller du sang impur du loup, en dépit des présages qui auguraient du malheur qu'ils essuieraient un jour de ce côté.

Il suffit d'entrevoir la pensée principale à travers le mythe compliqué. Le feu souterrain qu'enchaînent dans ses limites l'art et l'intelligence humaine, mais qui devient funeste et terrible dès le moment qu'il échappe à son gardien, telle est l'idée représentée par cette fiction. Le feu qui fond les métaux, qui réchauffe les entrailles de la terre pour en féconder le sein, ne tarde pas à être de la plus grande utilité pour l'homme, qui ne s'avise non plus de l'anéantir, mais qui se contente de le dompter et de le captiver, comme les dieux le firent autrefois du loup de Fenris.

---

1. Intervalle transitoire d'une ère nouvelle.

VALHALLA.

Odin, père des héros, reçoit à Valhalla comme ses fils chéris, tous ceux qui ont expiré sur le champ de bataille. Ils y recommencent le combat, non pour succomber encore une fois, mais au contraire pour se relever à chaque reprise. C'est une vie pleine de bonheur que celle de Valhalla, comme on appelle la salle resplendissante d'or et d'argent du palais de Gladshejm, qui est la résidence des dieux. Tous ceux qui retournent auprès d'Odin, reconnaissent facilement cet endroit, dont le toit est hérissé de hampes, et dont les murailles sont garnies de boucliers, et les sièges pavés de harnais. À droite de la porte est accroché un hibou, tandis qu'un aigle est perché au-dessus. L'éclairage de la salle ne laisse rien à désirer, car les glaives flamboyants y remplacent la lumière. Pour se faire une idée des dimensions énormes de la salle, il suffit de savoir que l'entrée se fait par cinq cent quarante portes, assez larges pour donner passage à un front de huit cents guerriers. La grille sacrée, nommée Valgrind, et un bosquet à feuilles dorées entourent l'édifice. Mais les guerriers, ou les Einhériens, qui s'en vont au combat le matin pour retourner à Valhalla le soir, de quoi vivent-ils ? Ils sont nourris du lard délicieux que fournit le verrat châtré, nommé Sæhrimer, qui bien qu'il se laisse tuer le matin, reparaît toujours sain et sauf le soir ; ils s'enivrent ensuite d'hydromel, breuvage qui jaillit de la mamelle d'une chèvre, portant le nom d'Hydrun.

On a fait le reproche assez connu au peuple du Nord d'avoir des penchants farouches et barbares, et l'idée qu'ils avaient conçue de Valhalla, où les héros se nourrissaient de lard et s'enivraient d'hydromel, ne confirme que trop cette assertion. Mais nous serions tout aussi barbares si nous doutions qu'ils n'attachassent pas à ces expressions, empruntées à la vie réelle, un sens beaucoup plus élevé, et si nous croyions que l'image, un peu vulgaire, il est vrai, ne renfermât pas l'idée d'une nourriture céleste. Sans doute ils n'ont pas eu en vue une substance moins nourrissante que celle qu'exprime l'ambroisie des Grecs ; c'est-à-dire une composition distillée des éléments les plus subtiles, ne renfermant aucune substance terrestre et dont l'essence primitive n'est que de l'eau saturée d'air. La boisson n'est donc que le courant limpide, jaillissant des hautes régions de l'atmosphère ; que l'éther diaphane descendant du haut de l'air où ne souffle aucune brise caressante, comme le lait d'Amalthée. Il est donc clair qu'il ne s'agit d'aucun breuvage, mais du souffle le plus délicat qui ait jamais rempli les poumons des mortels.

LES VALKYRIES.

Le dieu de la guerre envoie ces messagères au champ de bataille où elles choisissent les héros qu'invite Odin à la joie de Valhalla. Les Valkyries se présentent sous deux formes : comme des êtres célestes et comme des créatures terrestres. Les fonctions des premières sont de plusieurs espèces ; tantôt elles servent de l'hydromel aux Einhériens, tantôt elles vont se mêler du combat en décidant de la victoire ou de la défaite ; en même temps elles touchent de la lance que dirige la main, le héros bien heureux à qui est accordée la grâce d'expirer dans la lutte. Les Valkyries figurent d'une autre manière dans le poème héroïque, où elles sont introduites dans la vie réelle. Il est facile de comprendre comment l'idée a enfanté ces êtres ; en s'imaginant que l'âme a été attirée, élevée jusqu'à la divinité, ou que l'essence divine descend jusqu'à se confondre avec l'esprit humain. Les Valkyries d'Odin n'entrent pas dans la vie, elles ne se révèlent qu'à la fin, elles ne sont que la pensée et la volonté puissante qu'Odin jette dans le tumulte du combat ; mais la Valkyrie du poète naît sur la terre, elle appartient à la vie réelle, elle s'unit au héros et expire avec lui pour ressusciter ensuite avec lui. Elle conserve toujours le souvenir de son origine céleste, et ses regrets à jamais assoupis lui rendent des attraits indéfinissables ; la Valkyrie furieuse et sévère d'Odin qui n'inspirait que la terreur, est devenue un être angélique, avec lequel nous nous plaisons à vivre, car elle est l'ange tutélaire qui réside au fond du cœur humain.

SLEIPNER.

Le cheval d'Odin porte le nom de Sleipner ; il va de soi qu'il est le meilleur des chevaux. L'Edda nous raconte sur sa naissance le mythe suivant. À l'origine des temps, lorsque les dieux avaient achevé la construction de Midgaard, et qu'ils avaient aussi érigé Valhalla, il vint un artisan inconnu qui leur fit la proposition inouïe d'élever en moins de neuf mois un palais qui fût d'une solidité, capable de résister à l'assaut des Hrimthurses quand même ils réussiraient à pénétrer jusqu'à Midgaard. Pour prix de récompense il ne stipulait rien moins que de posséder la déesse Freja, qui lui serait donnée en mariage, avec le soleil et la lune en dot. Les dieux consentirent aux conditions, pourtant en se réservant qu'il terminerait le château au courant de l'hiver, et qu'il renoncerait à toute récompense, si le premier jour de printemps arrivé, l'édifice n'était pas achevé. Ils opposèrent encore une réserve au contrat, savoir, qu'il s'aiderait lui-même sans avoir recours à personne. L'artisan insistait pourtant sur la prétention de se faire seconder par son cheval Svadilfæri ; Loke le soutint dans sa demande qui lui fut enfin accordée. Le premier jour d'hiver il mit la main à l'ouvrage, mais les nuits son cheval y transportait les pierres nécessaires au bâtiment. Les dieux s'étonnaient grandement des fardeaux énormes que pouvait transporter ce cheval, qui exécutait la moitié et au-delà du travail. Il faut ajouter que le contrat avait été ratifié dans la présence de beaucoup de témoins, et scellé par des serments solennels ; sans cette garantie, le géant ne se croirait pas à l'abri auprès des dieux s'il arrivait que Thor fût de retour de son excursion guerrière contre les géants de Joetunhejm. À la fin de l'hiver le bâtiment était assez avancé, et d'une solidité à braver l'assaut le plus formidable des Hrimthurses. Il ne manquait encore que d'y mettre la porte, ouvrage peu difficile qui s'exécuterait sans trop de difficulté durant les trois jours qui restaient à s'écouler avant l'échéance du terme fixé. Les dieux prirent place alors dans leurs sièges de juge, en se posant la question, qui était celui qui avait conseillé de donner en mariage la déesse Freja, et de projeter la ruine du ciel en y ôtant le soleil et la lune, pour les donner aux géants de Joetunhejm ? Tous étaient d'accord que le conseil perfide leur avait été suggéré par Loke, de qui provient tout ce qui ne vaut rien, et qui mériterait d'expier pendant la vie le mal qu'il venait d'attirer sur les dieux s'il ne trouvait pas moyen d'abuser l'artisan. Loke fut effrayé de leur fureur et jura qu'il remédierait au mal, et qu'il s'arrangerait de manière à faire perdre à l'artisan toute compétence.

Le même soir au moment où le géant et son cheval allaient chercher les dernières pierres, une jument sortit de la forêt, en appelant par ses hennissements le cheval, qui en fut tellement en chaleur, qu'il prit le mors aux dents et s'enfuit ; ils disparurent tous deux dans la forêt, et l'artisan se mit à les poursuivre. Le travail reposait pour cette nuit, le lendemain il n'avançait que fort peu. L'artisan jugeant qu'il ne finirait pas le travail à temps, et se voyant dépourvu de toute récompense, entra dans une fureur qui trahissait le géant. Les dieux à qui ce transport diabolique offrait la preuve incontestable qu'ils avaient à faire à un géant, se virent délivrés de tous serments, et comme ils n'avaient nulle raison de le ménager, ils appelèrent Thor qui arriva à l'instant et lui lança le marteau à la tête. C'est ainsi que fut payé le géant, qui ne reçut ni le soleil ni la lune ; Thor l'envoya languir au fond de la triste demeure de Hel, après lui avoir broyé la tête.

Peu de temps après Loke donna le jour à un

poulain gris à huit jambes ; ce cheval l'emporte sur tous les chevaux des dieux et des hommes.

La signification de Sleipner a beaucoup préoccupé les savants scrutateurs. L'interprétation la plus nette prétend y voir l'image des vents ; d'autres ont voulu découvrir une conformité frappante entre Sleipner et le signe zodiacal de l'écrevisse, mais il n'y a que les huit jambes qui appuient cette dernière opinion ; l'interprète le plus inspiré de la poésie mystique de l'Edda, qui est sans contre-dit l'illustre évêque Grundtvig, se persuade, que le coursier fougueux d'Odin doit être assimilé au cheval ailé de la poésie, à Pégase. Il nous reste encore une dernière ressource, celle d'appliquer la solution à l'expérience que firent les premiers habitants sur la rigueur de l'hiver boréal, menaçant d'étouffer la beauté de la nature, et d'assombrir la clarté du ciel ; mais le palais de glace dut succomber aux forces réunies des rayons d'un soleil printanier, et à la fraîcheur de la brise qui dissipe les vapeurs infectes.

LES TRÉSORS DES DIEUX.

Loke avait commis la trahison de couper les cheveux de Sif, épouse de Thor. Ce dernier s'empara du traître, et l'aurait écrasé si celui-ci n'eût pas juré de faire faire à Sif une chevelure capable de l'indemniser amplement de la perte qu'il lui avait causée. Pour cet effet il se rendit chez les nains, nommés fils d'Ivalde ; ceux-ci firent outre la chevelure dorée de Sif, le vaisseau merveilleux de Frejr, et la lance que possède Odin. Mais Loke hasarda une gageure avec le nain qui s'appelle Brokkr, et mit sa tête à couper si le frère de celui-ci réussissait à inventer trois choses qui l'emportassent sur les merveilles, fabriquées par les fils d'Ivalde.

Les deux frères coururent à la forge ; Sindri jeta de la couenne dans la fournaise, en disant à Brokkr de ne pas cesser de souffler avant qu'il eût retiré ce qu'il avait mis dans le feu. À peine Sindri fut-il parti, que Loke se métamorphosa en mouche, et se mit à piquer la main de Brokkr, mais celui-ci soufflait de pleine haleine sans y prêter attention ; un verrat châtré à soies dorées sortit de la forge. Sindri recommença de nouveau ; la fournaise fut remplie d'or, mais cette fois la mouche vint se placer sur le cou de Brokkr, qui ne se laissait point déranger, et l'artisan forgea la bague que porte Odin. Encore une troisième fois Sindri ne prit que du fer dans la fournaise, mais il recommanda à son frère de ne pas s'arrêter avant qu'il eût fini, s'il voulait bien éviter que le tout n'échouât. La mouche se posa alors entre les yeux du pauvre Brokkr et lui piqua les paupières à en faire jaillir le sang, qui se mit à couler de ses yeux ; comme il n'y voyait plus rien, il lâcha prise au soufflet pour se débarrasser de la mouche importune. Mais Sindri acheva précisément un marteau, et il donna à son frère les trois choses merveilleuses, en lui recommandant de déposer la gageure entre les mains d'arbitres choisis parmi les dieux.

Il se rendit à Asgaard ; les dieux reprirent place dans leurs sièges ; Odin, Thor et Frejr furent constitués juges. Loke se présenta le premier, et fit cadeau à Odin de la lance qui ne manque jamais son but ; Sif reçut la chevelure dorée qui ne tarda pas à prendre racine dans sa tête ; à Frejr il donna le vaisseau qui, à l'avantage de pouvoir traverser l'espace par un vent toujours favorable dès que se déploient les voiles, joignait celui de se laisser plier et replier jusqu'à ce qu'on puisse l'empocher.

Brokkr comparut alors, et donnant à Odin la bague qui porte le nom de Draupner, il lui fit observer que huit bagues pareilles à celle-là en dégoutteraient toutes les neuvièmes nuits. Il offrit ensuite à Frejr le verrat châtré, capable de courir nuit et jour sur l'océan aussi bien que dans l'air, aucun cheval ne l'emporterait sur lui en vitesse, et jamais nuit fut si sombre, ni aucun endroit si obscur que les soies luisantes du verrat ne suffiraient à l'éclairer. Mais en présentant le marteau à Thor, le nain lui assura qu'il ne manquerait jamais son but avec cette arme ; il ajouta au surplus qu'il n'aurait jamais à s'inquiéter pour la retrouver, car le marteau retrouverait son possesseur à quelque distance qu'on l'eût lancé. Loin d'en dissimuler l'inconvénient, il lui fit observer que le manche en était un peu court, mais qu'en revanche il pourrait le cacher sur son sein, si bon lui semblait.

L'arrêt que prononcèrent les dieux fut en faveur de Brokkr, qui, ayant gagné la gageure, réclama la tête de Loke. Ce dernier voulut entrer en pourparler, mais le nain refusa d'entrer en négociation. « Eh bien ! prends-moi si tu le peux », dit-il à Brokkr, mais il disparut aussitôt, car il portait des bottes qui lui permettaient de faire en un pas sept lieues. Le nain eut recours à Thor, en le priant de saisir le fuyard. Mais bien que celui-ci fût rejoint et retenu, Brokkr ne réussit pas à s'emparer de la tête de Loke, qui s'esquiva en disant qu'il lui accorderait bien la tête, mais qu'il ne lui céderait pas le cou.

Le nain saisit alors une aiguille enfilée et un couteau, dans l'intention de lui percer les lèvres d'abord, et de lui coudre ensuite la bouche ; mais le fer s'émoussa. « Ah ! si j'avais seulement l'alène de mon frère », s'écria-t-il ; à peine ces paroles furent-elles proférées, que l'alène parut, et à l'aide de cet outil, il réussit à coudre la bouche ambiguë de Loke.

Ce serait peine inutile que de se perdre en conjectures sur les allusions énigmatiques que renferme ce mythe, qui d'ailleurs n'appartient qu'aux contes bleus de l'Edda prosaïque ; mieux vaut-il pénétrer jusqu'au fond de la poésie mystérieuse de l'ancienne Edda ; il y a là de quoi fouiller. La bague de Draupnir est celui des trois objets merveilleux qui réclame d'abord notre attention ; nos ancêtres ont-ils peut-être pensé à la lune dans ses différentes phases ? C'est peu probable, car ils avaient l'esprit trop méditatif pour y songer. Aussi pour en trouver une solution satisfaisante, il ne faut pas vouloir expliquer un mythe séparément, ni en détacher une seule image, car ce n'est que dans l'ensemble que se manifeste la vérité. La bague que reçut Odin, il la posa en don funèbre sur le bûcher de Balder, et celui-ci, étant descendu dans les sombres demeures de Hel, la renvoya à Odin en souvenir du temps heureux où il avait secondé son père dans l'entretien du monde, et pour lui remettre en mémoire, à lui le conservateur de la création, de ranimer la nature. Donc, si la bague d'Odin est l'image de la fécondité de la nature, ce symbole s'applique d'autant mieux à la fécondité de l'esprit, à l'émanation des idées, à la série continue des événements historiques.

Dans la fiction de la lance d'Odin, qui porte le nom de Gungner, on a voulu reconnaître un météore augurant la guerre. Il est inutile de nous perdre dans les nues pour en trouver une explication convenable. La lance a été, dès les temps les plus reculés, le symbole de la puissance et de la domination. Quand Odin met cette arme entre les mains des héros, il leur suggère l'idée belliqueuse qui fait éclater la flamme de la guerre, l'idée de la gloire qui inspire des exploits héroïques. Si la lance est le symbole de la domination, il faut bien que le marteau soit celui de la force ; cet attribut appartient à Thor, le dieu de l'orage ; et la foudre qui en éclatant fait sauter les rochers les plus durs, qui fend la montagne inaccessible, afin que les hommes y puissent parvenir pour entreprendre l'œuvre de la cultivation, nous fait penser au marteau que lance ce dieu contre les géants, contre la nature inculte et stérile, qui s'oppose à toute tentative de culture ; enfin, contre les esprits récalcitrants qui repoussent l'influence atténuante des sciences, de l'art et de l'industrie. Quant à la chevelure de Sif, on l'a comparée au blé verdoyant que coupe la faux des moissonneurs au moment propice de la récolte ; mais la comparaison n'est pas tout-à-fait exacte, car c'est à Frigg, l'épouse d'Odin, de représenter la terre abondante et laborieusement cultivée, les champs fertiles, les vergers riants ; restent alors les coteaux verdoyants, la montagne couverte de gras pâturages et d'alpines aromatiques auxquels s'applique l'image poétique de la chevelure dorée de Sif.

BALDER.

Le favori des dieux, des hommes et du monde entier, c'est Balder ; l'univers se livre au désespoir à sa mort. Il n'y a pas beaucoup à dire sur sa vie ; l'Edda n'entre en détail que dans la description de sa personne et de l'événement funeste de sa mort. Il est fils d'Odin et de Frigg ; nul de ses enfants ne lui ressemble. On n'a que du bien à dire sur son compte, il est unanimement loué. Sa beauté rayonne de bonté, de douceur et de sagesse ; mais la justice la plus inébranlable est une de ses qualités suprêmes ; l'arrêt le plus irrévocable sort de sa bouche.

Quant aux événements qui précèdent la mort du dieu de la justice, l'Edda raconte ce qui suit. Balder était obsédé de rêves noirs et fatals qui pronostiquaient le danger dont il était menacé. Les dieux qui consultèrent les prophéties, apprirent que celui qu'ils adoraient touchait à sa fin. Grâce à leurs prières ardentes, ils réussirent à éloigner tout danger imminent et à conserver cette vie, précieuse à l'univers. Ainsi il firent affirmer sous serment que rien au monde, ni la nature, ni les végétaux, les pierres, les éléments, les maladies, ni les bêtes féroces et venimeuses, enfin que rien ne songeait à lui faire du mal.

Rassurés sur tous les points, les dieux se divertissaient au contraire à provoquer le péril impuissant contre l'invulnérabilité de Balder ; leur amusement principal fut de tirer à la cible sur sa personne, et de faire de lui le point de mire de leurs jets de pierres. Les dieux s'enorgueillirent de le voir à l'abri de tout assaut. Rien n'était capable de le blesser, ce dont les dieux se réjouirent ; Loke seul s'irrita de la gloire de Balder. Il se déguisa en vieille femme et se rendit à Fensale, résidence de Frigg. À son arrivée, la déesse l'interrogea sur les nouvelles des dieux, et Loke lui raconta qu'ils s'amusaient à tirer à la cible, et que l'invulnérable Balder leur servait de but sans être jamais atteint. Frigg ne s'en étonna pas, car c'était à elle que la nature et toutes les choses de l'univers avaient prêté serment de ne jamais lui porter préjudice. « N'y a-t-il rien au monde qui ne soit engagé par serment », demanda la vieille femme. « Rien, si ce n'est un petit brin de gui, qui pousse loin d'ici à l'autre côté de Valhalla ; cette plante m'a paru trop jeune pour prêter serment, et trop inoffensive pour qu'elle soit comprise au nombre des choses nuisibles. » Là-dessus la vieille femme s'éloigna ; mais Loke se mit à la recherche du gui, il s'en empara et revint ensuite rejoindre les dieux à Asgaard. Le frère aveugle de Balder, nommé Hoeder, avait précisément choisi sa place à l'extrémité du cercle que formaient les dieux autour de Balder ; mais lui seul ne prit aucune part à la joie générale. Loke l'aborda, en disant : « Je m'étonne bien que tu ne sois pas du nombre de ceux qui tirent à la cible ». Mais l'aveugle répondit : « Que veux-tu que je fasse, moi qui suis privé de la vue, et ne possède en outre aucune espèce d'arme ». Cependant Loke l'encouragea à essayer de tirer, disant qu'il fallait rendre hommage à son frère, comme le faisaient les autres. « Je t'indiquerai la direction, et tiens ! tire avec la verge que je vais te donner ». Hoeder prit le gui offert, et visant du côté indiqué, il fit partir le trait. Balder fut atteint du coup et tomba raide mort. Ce fut là le fait le plus funeste qui jamais ait eu lieu, parmi les dieux et les hommes.

Les dieux restaient foudroyés d'abord ; nulle main se remua pour relever le dieu trahi ; on se regardait stupéfait et ému d'une exaspération unanime ; mais la sainteté de l'endroit éloigna la moindre pensée de vengeance. Ce n'était qu'en essayant de retrouver la parole que l'assemblée fondit en larmes, et le chagrin profond dont chacun fut frappé, ne se manifestait que de cette manière. Mais c'était Odin surtout qui devait s'affliger du malheur, car personne plus que lui n'était capable de juger de l'extension de la perte qu'ils venaient d'éprouver.

Revenue un peu à elle, Frigg reprit la parole d'abord, annonçant aux dieux que celui d'entre eux qui voudrait aspirer à son amour et à sa grâce, s'en rendrait digne en descendant aux enfers où il retrouverait Balder, et où il offrirait à Hel une rançon pour la délivrance du dieu chéri. Le messager d'Odin, l'intrépide Hermod, offrit de s'acquitter de la mission. On lui donna le coursier fougueux d'Odin qu'il monta, et disparut.

Mais les dieux portèrent le corps inanimé de Balder au bord de la mer, où était le vaisseau du défunt, le plus grand des vaisseaux, nommé Hringhorni. Les dieux voulurent le lancer à la mer, et y préparer le bûcher funèbre, mais le vaisseau s'obstina à ne pas bouger. On envoya alors quérir une géante de Joetunheim, nommée Hyrrokin ; elle arriva, montée sur un loup, guidé par une bride de serpents. Dès qu'elle fut descendue de sa monture, quatre Berserkers[1] furent chargés de tenir l'animal, qu'ils ne parvinrent à dompter qu'en le jetant par terre. Hyrrokin se plaça à l'entrave du vaisseau, et, par un seul mouvement, elle le fit glisser avec tant de violence qu'au moment où il quitta les rouleaux, le feu en jaillit, de manière que la terre en trembla. Mais Thor qui entra aussitôt en fureur, prit son marteau, et eût écrasé la tête de la géante si les autres dieux n'eussent imploré sa grâce. Là-dessus on transporta à bord le corps sacré de Balder ; mais à cette vue déchirante se brisa le cœur de Nanna, de l'épouse chérie du dieu qui l'accompagnait alors jusqu'au bûcher. Thor inaugura le bûcher funèbre à l'aide de son marteau ; il en augmenta la flamme en y poussant un petit nain, qui dans ce moment vint passer devant ses jambes. Une foule immense s'était donné rendez-vous à ses obsèques ; à la tête du cortège nous nommerons Odin d'abord, qui était suivi de Frigg, des Valkyries et de ses deux corbeaux ; vient ensuite Frejr dans son char, qui était attelé du verrat châtré à soies d'or ; Heimdal[2] y fut également, monté sur son cheval Guldtop, et la déesse Freja[3] parut enfin, accompagnée de ses deux chats. Les Hrimthurses, ainsi que les géants, n'y manquèrent non plus. Odin jeta la bague Draupnir sur le bûcher funèbre ; le cheval du défunt, tout bridé et sellé, périt dans les flammes qui dévorèrent la dépouille du maître.

Suivons Hermod dans son triste chemin qui conduit à Hel, à travers de sombres vallées et des abîmes profonds, où il ne vit rien avant de s'arrêter au pont de Giallar, que garde une vierge, nommée Modguder. Elle s'informa du nom de l'intrépide, ajoutant que cinq divisions de morts avaient l'autre jour traversé à cheval le pont, mais que le bruit de leurs pas ne surpassait pas celui de ses pas retentissants. « Et encore », continua-t-elle,

« tu n'as pas le teint livide des morts, que vas-tu donc faire ici ? » « Je me rends à Hel », lui répondit-il, « pour y retrouver Balder ; tu dois l'avoir vu passer par ici. » Elle affirma sa demande, en lui indiquant le chemin qui conduisait à Hel. Hermod continua son chemin ; il s'arrêta enfin devant la grille de l'enfer, descendit, serra la sangle de sa monture, et l'ayant remontée, il donna les éperons à l'animal, qui, sans heurter des pieds les barreaux de la grille, franchit celle-ci en un saut. Hermod se dirigea ensuite vers la salle ; descendit, entra, et vit son frère assis sur le trône. Il y passa la nuit, et le lendemain il comparut devant la déesse, en lui retraçant le désespoir des dieux et des déesses ; il la supplia de permettre à Balder de retourner avec lui. Mais Hel répondit qu'elle était curieuse de voir si Balder était aimé autant qu'on voulait bien le lui faire croire ; s'il en était ainsi, il retournerait, à condition que tout au monde, les choses inanimées de même que les êtres vivants, voudrait bien le pleurer ; mais qu'il resterait si le moindre objet refusait de verser des larmes. Hermod se leva ; Balder le suivit hors de la salle, pour lui donner la bague qu'il le pria de remettre à Odin, en souvenir de son fils bien-aimé ; Nanna, son épouse, envoya à Frigg un tapis, tissu de fleurs. Le messager se mit en chemin pour s'en retourner à Asgaard, où il rendit compte de tout ce qui s'était passé.

Dès que les dieux apprirent l'arrêt ambigu de Hel, ils envoyèrent des messagers dans toutes les parties du monde, pour engager à racheter des enfers, au prix des larmes, le dieu chéri. Personne ne s'y refusa ; les hommes, tous les êtres inanimés, les arbres, les métaux même fondirent en larmes — qui ignore que les métaux pleurent en passant du froid à la chaleur ? De retour de leur mission, les messagers passèrent devant une grotte où était assise une géante. Elle s'appelait Thoek. Ils lui adressèrent la prière que personne n'avait refusée, mais elle leur répondit : « Thoek ne veut pleurer la mort de Balder qu'à larmes sèches ; s'il meurt ou s'il vit, je m'en soucie peu ; que Hel garde son trésor. » On prétend que la géante n'était autre que Loke ; ainsi arriva-t-il que le plus grand des malheurs des dieux leur vint de sa part.

Tout en examinant les mythes précédents, nous avons réussi à entrevoir la vérité physique aussi bien que la vérité éthique que renferment les poésies de l'Edda, et nous ne tarderons non plus à déchiffrer le sens moral et physique de ce dernier mythe. Il y en a qui ne saisissent que le côté spirituel de la fiction, disant que Balder ne peut être que l'expression sublime de l'éclat qui entoure la vie, conçue par une âme innocente dans l'auréole de l'éternité, éclat qu'une fatalité doit avoir terni bientôt. Balder est l'image de l'innocence et de la candeur de l'enfance, sa mort est la fin de l'âge d'or de l'humanité, et ce dieu tant pleuré ne reviendra qu'à la régénération de l'innocence. Sans vouloir en quoi que ce soit démentir cette opinion, il ne faut pas non plus mépriser une solution en effet moins sublime, mais toute aussi positive, à savoir celle-ci : il s'agit d'appliquer l'image à la succession des quatre saisons, à la clarté de l'été, suivie des sombres jours du mois de décembre, à la rude saison qui a tué la vie de la nature. Rien n'empêche que Balder ne soit tout aussi bien la lumière rayonnante de la belle saison ; Hoeder, le frère aveugle qui avait choisi sa place à l'extrémité du cercle, représente alors l'obscurité dans laquelle se termine l'année, tandis que Vale, le vengeur de la mort de son frère, ne peut être que les rayons printaniers du nouvel an. L'image est assez grande pour renfermer à la fois deux idées qui en beauté ne se le cèdent en rien, et pour être le symbole des deux vérités également incontestables, qui se rencontrent d'ailleurs sans s'en apercevoir, car la lumière est toujours invariable.

Si Balder est l'image de la lumière de la nature, combien plus ne doit-il pas être celle de l'âme et du cœur, la clarté de l'innocence, de la chasteté, de la douceur. Cette combinaison d'idées était particulière à l'antiquité ; les Perses, par exemple, ne comprirent le juste, le beau et le vrai que dans l'image de la lumière qui pour eux était plus que le symbole, puisqu'elle était le bien même. La nature prend le deuil à la mort de Balder, de même que l'histoire se voile, non à cause de la mort du héros, mais pour l'innocence succombée à la méchanceté. Toutes les fois que l'obscurité l'emporte sur la clarté, c'est le beau, le juste et le vrai qui succombent ; mais ils ne succombent que pour renaître dans un éclat redoublé. Balder disparaît de la nature quand les fleurs s'étiolent et que les vents de l'automne sifflent à travers les rameaux dépouillés de la forêt ; Balder meurt dans l'âme toutes les fois que l'esprit s'égare, oubliant son origine céleste ; mais il reviendra avec le souffle embaumé du printemps, lorsque le rossignol aura commencé sa mélodieuse chanson d'amour : il ressuscite dès que l'âme perdue se relève de nouveau, qu'elle se débarrasse du manteau de l'obscurité pour remonter au ciel sur les ailes de la lumière.

---

1. Champions en fureur.
2. Le gardien des dieux.
3. La déesse de l'amour.

PUNITION DE LOKE.

Le forfait d'avoir tué Balder et empêché que ce dieu ne fût racheté des enfers, n'arrêta point la méchanceté de Loke ; il eut encore l'audace d'insulter les dieux et les déesses au festin d'Ægir.[1] Ce dernier affront fit éclater le courroux des dieux, poussé déjà à l'extrême. Pour se soustraire à la vengeance de l'assemblée divine, Loke s'enfuit dans les montagnes, où il bâtit une maison, munie de quatre portes donnant sur les quatre coins du monde, afin d'être au guet de tout danger approchant. Dans la journée il se convertissait en saumon, et se cachait au fond de la rivière. Il méditait quels seraient les artifices que pussent imaginer les dieux pour s'emparer de sa personne. Il s'assit dans sa maison, devant le feu du foyer, prit du fil et le noua comme se noue le filet d'aujourd'hui. Mais Odin, du haut de son siège élevé, l'avait découvert ; et Loke, s'apercevant de l'approche de ses persécuteurs, jeta aussitôt au feu le filet auquel il travaillait, et s'élança dans la rivière. Kvaser, le plus sage des dieux envoyés à la poursuite de Loke, pénétra le premier dans la maison ; il y vit la forme entière du filet dans les cendres blanchâtres du foyer, et comprit à l'instant que ce devait être un appareil ingénieux fait pour attraper des poissons ; il courut communiquer cette découverte à ses compagnons. Ceux-ci firent un autre filet à l'imitation de celui qu'avait fabriqué Loke. L'œuvre achevée, ils se rendirent à la rivière où ils plongèrent le filet que Thor tira à lui seul d'un côté, pendant que les autres, placés au bord opposé, s'entr'aidèrent à le tirer de l'autre. Ainsi ils descendirent la rivière ; Loke nageait toujours en avant du filet et se blottit enfin entre deux pierres, de manière à faire passer le filet au-dessus de lui. Ils s'aperçurent pourtant qu'il y avait là quelque chose de vivant ; ils remontèrent alors le torrent et jetèrent encore une fois le filet, après y avoir attaché quelque chose de lourd pour le faire mieux enfoncer, afin que rien n'échappât. Loke devança de nouveau le filet, mais voyant qu'il ne lui restait qu'une petite distance de là à la mer, il sauta par-dessus le bord du filet et remonta le torrent. Cependant on le découvrit. Les dieux alors remontèrent de même, et se divisèrent en deux bandes pendant que Thor traversait la rivière à gué. Ainsi ils s'approchèrent encore une fois de la mer. Quant à Loke, il n'y avait que deux partis à prendre : de se lancer dans la mer, ce qui était extrêmement dangereux, ou de remonter le torrent encore une fois, en sautant par-dessus le filet. Il se décida pour la première alternative, mais Thor le saisit, et au moment où le saumon voulut échapper, le dieu réussit à le rattraper par la queue en la serrant de toutes ses forces. C'est depuis ce temps que le saumon garde la façon étroite de la queue qui lui est propre.

Ainsi Loke fut fait prisonnier et transporté dans une grotte, où l'on dressa trois pierres plates, percées de trous. Les dieux s'emparèrent alors des deux fils de Loke, dont l'un fut converti en loup pour qu'il servît à détruire l'autre, et des intestins du frère ils firent des liens avec lesquels Loke fut attaché aux trois pierres, dont l'une avait été placée sous la nuque, l'autre sous les reins, la troisième sous les jarrets du malheureux. Skade, épouse de Njord, prit un serpent venimeux qu'elle attacha de manière à faire dégoutter le venin dans le visage de la victime. Mais l'épouse fidèle de Loke, nommée Sygin, prit la coupe qui recevait les gouttes venimeuses, et ne s'éloigna que pour vider le vase rempli ; pendant son absence les gouttes lui tombèrent au visage ; l'extrême douleur qu'il en ressentit, lui causa des crispations de nerfs si violentes que la terre éprouva de violentes secousses. Sa punition cruelle ne sera interrompue qu'à la chute des dieux.

∴

On ne doute pas que l'impression imposante que produisent les révolutions de la nature sur l'esprit humain ne soit l'idée principale de ce mythe ; les convulsions de Loke nous indiquent au surplus de quelle espèce de phénomène il s'agit. La cascade glaciale s'élance du haut de la montagne, comme le venin du serpent que Skade laisse tomber sur le visage de Loke ; Sygin que la fidélité retient à son côté sur le bord des sources thermales, détourne le torrent de la glace, mais il est inévitable que celui-ci ne tombe parfois sur le feu souterrain, ce qui fait trembler la terre. Celui dont l'esprit sait embrasser ce grand tableau de la nature, y trouvera aussi l'image de la vie humaine, car les terribles révolutions de la vie jaillissent de la même source. Mais la fidélité, la mansuétude et la bénignité de la femme sont là pour adoucir la puissance de la secousse ; elle y est pour détourner avec l'éloquence sublime de son âme intacte les explosions violentes de l'esprit, afin d'apaiser la mer agitée des passions.

Aussi a-t-on besoin de chercher longtemps pour trouver des familles dont le bonheur soit troublé de crises affreuses, provoquées par les crimes du chef, pendant que l'héroïsme domestique de la femme soulage la misère, essuie les larmes et apaise les cris. Certes, adoucir, soulager et calmer, sans se décourager, telle est l'œuvre sublime et modeste, réservée à la femme.

---

1. Le dieu de la mer.

RAGNAROK.

1

L'hiver, nommé la saison de Fimbul, s'achemine ; la neige tombe de tous les coins de l'univers ; la rigueur du froid et du vent est affreuse, l'ardeur du soleil perd son intensité. Deux hivers semblables à celui-ci se succèdent sans être suivis d'été. Ce temps a été précédé d'une époque de combat et de lutte ; les frères se tuaient mutuellement, les pères mêmes n'épargnaient pas leurs fils. Les loups dévorent alors le soleil, et les astres disparaissent de la voûte du ciel. La terre et les montagnes tremblent de manière que les arbres se déracinent et que les rochers s'écroulent. Tous les liens se détachent ; le loup de Fenris ayant échappé, s'élance à gueule béante, sa mâchoire supérieure touche au ciel, pendant que l'inférieure frotte la terre ; la bête féroce l'ouvrirait même davantage si l'espace le lui permettait ; le feu sort à la fois de ses yeux et de ses narines. La mer orageuse déborde, car le serpent de Midgaard, qui s'élève du fond, cherche à gagner la plage pour y vomir son venin. Le ciel se crevasse alors et les fils de Muspelheim en sortent ; Surte entouré de flammes et brandillant le glaive flamboyant est à leur tête. Ils traversent le pont de Bifrost[2] qui s'écroule sur leur passage. Ainsi ils s'avancent dans la plaine, nommée Vigrind qui s'étend à cent lieues de chaque côté, en formant une phalange rayonnante. Loke, suivi du cortège lugubre de Hel, y vient à son tour, de même que les Hrimthurses et les géants.

Sur ses entrefaites se lève Hejmdal ; il embouche le cor de Gjallar, et les dieux se rassemblent à cet appel qui fait retentir tout l'univers. Odin se rend au puits de Mimer pour consulter la sagesse de celui-ci ; le vieux frêne d'Ygdrasil soupire en tremblant, la terre et le ciel s'épouvantent. Les dieux et les Ejnhériens se revêtissent alors de leurs armes et se mettent en campagne. Odin conduit la troupe vaillante ; vêtu de sa cuirasse luisante, la tête couverte d'un casque doré, et la lance à la main, il se précipite sur le loup de Fenris. Thor se tient à ses côtés sans pouvoir du reste lui assister, engagé comme il l'est dans une lutte sanglante contre le serpent de Midgaard, c'est à peine qu'il évite de s'affaisser. Surt est l'adversaire de Frejr ; c'est un combat à outrance entre ces deux ; mais le dieu finit par succomber. Tyr, fils d'Odin, lutte contre un monstre de chien, nommé Gram ; et tous deux périssent. Thor a remporté la victoire sur le serpent ; mais atteint du venin dont l'a couvert le dragon, il ne fait que neuf pas chancelants avant d'expirer à son tour. Odin a été englouti par le loup de Fenris contre lequel se jette le fils intrépide d'Odin, Vidar, qui se fait le vengeur de son père. Mettant le pied sur la mâchoire inférieure du loup, il le saisit par la partie supérieure de la gueule et lui arrache la langue. Loke et Hejmdal s'assassinent dans le combat. Les dieux ayant succombé, le monde se consume du feu que Surt a fait jaillir sur la terre ; les flammes pétillantes montent au ciel, et l'univers entier croule dans l'océan.

---

1. Le crépuscule des dieux.
2. L'arc-en-ciel.

LA RÉGÉNÉRATION.

C'est ainsi que nos ancêtres se sont figuré la fin du monde, la dissolution des substances, des hommes et de la création entière. L'ordre de la nature est interrompu, les éléments se rencontrent ; Surt, le feu du ciel, le loup et le feu souterrain détruisent le serpent de Midgaard, l'image de la mer ; d'autres puissances ennemies engloutissent la terre. Mais qu'arrivera-t-il quand tout aura cessé, et que ni les dieux ni les hommes ne seront plus ? Il est dit pourtant que les hommes doivent vivre éternellement. Vala, la prophétesse divine de l'Edda, répond en continuant en ces termes : « Pour la deuxième fois je vois la terre surgir de l'océan, les torrents jaillissent, l'aigle puissant plane au-dessus du rocher prêt à fondre sur sa proie ; les champs donnent en abondance sans avoir été semés, tout ce qui était souillé s'est purifié. Balder revient ; il occupe avec Hoeder les palais abandonnés des dieux succombés. Vidar et Vale, fils d'Odin, ont survécu à ce sinistre ; ni la fureur de la mer ni l'intensité des flammes de Surt ne leur ont porté atteinte ; avec Modne et Magne, progéniture de Thor, ils occupent les sièges sacrés d'Asgaard, et s'entretiennent en parlant toujours de l'horrible événement dont ils ont été témoins. En se rappelant le loup et le serpent, ils retrouvent dans l'herbe les pions d'échecs en or, dont se servaient autrefois les dieux à l'origine de l'univers. Avant d'être englouti par le loup, le soleil avait donné naissance à une fille, qui suit le cours céleste de sa mère, plus radieuse encore que son origine. »

Un couple s'était caché pendant que ravageait le feu de Surt ; la rosée du matin leur avait servi de nourriture ; de leur réunion sortit la nouvelle géniture de la race humaine. L'œil clairvoyant de Vala découvre un édifice, plus rayonnant que l'éclat du soleil ; il porte le nom de Gimle, et c'est là la demeure pleine de félicité des vertueux. Mais s'il y a un endroit de béatitude, il doit bien y avoir aussi un endroit de correction pour les méchants ; cette sombre demeure s'appelle Nastrond. Les portes de l'édifice donnent sur le nord ; le toit en est couvert de serpents tournant les têtes en dedans, et vomissant leur venin dans la salle. Les parjures, les assassins, les séducteurs, ceux qui ont calomnié leur prochain marchent dans ces torrents immondes. Du haut des airs viendra alors le tout-puissant qui décidera de tout, et prononçant les jugements décisifs, il assoupira les querelles et fera émaner des lois qui dureront éternellement.

Mais une dernière vision se présente encore à l'aspect de Vala, car elle voit disparaître le serpent qui suçait les cadavres des méchants à Nastrond. C'est ici que s'arrête la prophétesse inspirée ; elle aussi disparaît, après avoir dit ce qu'elle savait, et tout rentre dans un silence solennel.

Faut-il ajouter quelque chose de plus ? Ces paroles éloquentes ont-elles besoin de commentaires ? Est-il possible que l'on puisse méconnaître la signification de ces tableaux ? Le monde et tout ce qu'il renferme, doit finir, mais non les principes. La résurrection de quelques-uns des dieux et non de tous, nous l'indique. Odin et Thor ne sont plus ; leur existence finit avec le monde, dont ils représentaient les forces motrices, les dieux de tout ce qui s'y développait et se remuait, enfin de tout ce qui avait de l'existence. Mais Balder et Hoeder sont revenus de Hel ; la lumière et l'obscurité doivent rester éternellement, mais sans plus se disputer l'ascendant ; toute différence a cessé, elles se ressemblent au contraire, car ni l'un ni l'autre n'ont plus rien de substantiel ; elles ne représentent que la base, le principe, l'espace, l'extension. Les deux êtres humains qui ont survécu à l'anéantissement, procréent une race nouvelle ; que nous faut-il de plus pour nous persuader que ni les hommes, ni la nature ne s'effaceront jamais, pour savoir qu'ils appartiennent à l'éternité ? Le grand jugement, où le bien et le mal se rangent chacun de son côté, où tout ce qui ne s'accorde pas sera séparé, l'Edda ne l'oublie non plus. La récompense est éternelle ; mais la punition, l'est-elle aussi ? Voilà la question. Mais si la lumière et l'obscurité se font la paix, que le jour et la nuit se marient, et que Balder et Hoeder s'embrassent, il faudra bien que le mal soit englouti dans la source intarissable du bien.

S'il y a un état transitoire, une purification — et les puissances conciliatrices nous en offrent la garantie — il faudra bien alors que la purgation soit complète. Nous autres, qui sont imbus de l'esprit saint du Christianisme, nous connaissons la joie du ciel d'un pécheur pénitent ; nous connaissons le dieu miséricordieux qui ne veut point qu'un seul d'entre nous soit perdu, le Tout-puissant, dont la main sait frapper et saisir, l'idéal de l'amour charitable, qui sait tirer une larme repentante du cœur le plus endurci. Nous n'ignorerons point pourquoi le serpent de la punition disparaît, car tout ce qui est obscur doit s'éclaircir aux rayons dorés de la lumière éternelle.

« Réjouis-toi de ce que tu viens d'entendre ? » lui dirent-ils enfin. Là-dessus s'élève un grand bruit, et le roi, regardant autour de lui, se voit transporté dans la plaine, où il n'y a plus ni château, ni salle de Valhalla.

Il retourne dans son royaume où il raconte ce qu'il venait de voir et d'apprendre, et ces récits se sont conservés en passant de bouche en bouche.

Tel est le cadre spirituel qui entoure la mythologie de l'Edda prosaïque. L'édifice et la salle de Valhalla à toit doré ont disparu ; mais les mythes qui nous racontent des dieux puissants, se transmettront d'une génération à l'autre, comme un héritage vénérable et précieux de l'antiquité.

Copyright © 2021 par FV Éditions
Couverture : *La bataille de Thor contre les géants*, Marten Eskil Vinge, 1872
ISBN Livre broché : 979-10-299-1327-3
Tous Droits Réservés

www.ingramcontent.com/pod-product-compliance
Lightning Source LLC
LaVergne TN
LVHW031607060526
838201LV00063B/4764